农夫的一天

［韩］闵承志　著绘

王新蕊　译

海豚出版社
DOLPHIN BOOKS
中国国际出版集团

这样的农夫和

他这样的妻子，

一次当然要多运点过去呀！

哎、哎哟！

咣当！

与他这样的女儿，

消失不见啦!

嘿嘿

还有这样的儿子在一起生活。

茄一子！

目录

4月11日10点　务农日记

开始

·

春天

如果你观察了农夫一家的日常生活，
就可以从中了解季节的变化。

住在红屋顶房子里的农夫一家
新的一天开始了!

轰隆轰隆，当啷当啷！

他们早上流着汗种下了种子。

暂停！休息一会儿再做吧！

◇◇◇ 初体验 ◇◇◇

跟朋友在路上
走着的小时候
的农夫。

农夫猛然想起了自己那段短暂却又感觉强烈的农夫初体验。

慢吞吞

对不起了……

呀哈！！！

不知道为什么，那时的农夫感受到了收获的喜悦。

◇◇◇ 千万不要让彩椒生气 ◇◇◇

彩椒生气了。

既然这样，干吗把我摘下来！

生气的原因是——
农夫把它摘下来以后就放
进冰箱里不管了。

哎哟!

我的妈呀!

农夫和孩子们不知道该怎么安抚正在气头上的彩椒，于是大喊大叫着逃跑了。

在冰箱里被冻得瑟瑟发抖的彩椒盖上了热乎的奶酪被子后，像个孩子一样睡着了。

就在这时，
妈妈拿来了既柔软又热乎的奶酪被子。

得救了。

❖❖❖ 当时是那样的 ❖❖❖

真舒服啊!

西蓝花三姐妹正在热乎乎的水里"泡澡"。

就在这时，
从三姐妹面前走过了一
位长发飘逸的大葱姑娘。

不过话说回来，
我们不是从小就是这个发型吗？

◇◇◇ 圣女果的朋友 ◇◇◇

农夫早上来看圣女果的时候吓了一跳。

因为他看到圣女果正在委屈地哭泣。

原因如下：
小区里的西红柿大哥们专门来嘲笑圣女果。

听了圣女果的遭遇以后，
农夫决定要给它寻找一位小伙伴。

虽然两人刚见面的时候挺尴尬的，

后来，两个人成了最好的朋友。

8 月 20 日 13 点　务农日记

正好
·
夏天

放到水里的红薯变长了。

玉米的个子，
从弟弟的脚底下那么高，

到超过了妈妈和
姐姐的身高。

农夫向上仰望
了老半天，

在不知不觉间，已经是仲夏了。

虽然像在蒸笼里一样闷热，

但是也有一些不由得不喜欢夏天的瞬间。

◇◇◇ 红的是苹果 ◇◇◇

最近农夫一家有了新的烦恼，

好喜欢现在这样的自己。

就是苹果小姐还没成熟这件事。

农夫一家围坐成一圈，
正在一起闷头想办法。

一筹莫展

妈妈的办法

弟弟的办法

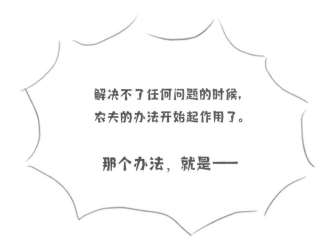

解决不了任何问题的时候，
农夫的办法开始起作用了。

那个办法，就是——

◇◇◇ **那就是土豆的路** ◇◇◇

我是土豆。

作为土豆出生，

我一点都不觉得羞愧。

最后我成为了
结实强壮的

酥脆

什么，薯片？

胡椒味薯片！

土豆的生命只有一次！
所以最少要成为胡椒味薯片那
样才行呀！

闹哄哄　　呜哇　　　我所希望的　　　　　这也太帅了吧！
　　　　　　　　　　　　　　　　　　　　真了不起！

鸡蛋的一生

骨碌

骨碌碌碌

铛铛!

哇哦！这么滚都不碎的吗？
帅气！

怎么做才能成为那样的鸡蛋呢？

嗯……其实鸡蛋可以分为三种。

鲜鸡蛋、溏心蛋和全熟蛋。

你呢，现在还是颗溏心蛋。

那我怎么样才可以成为一颗全熟的鸡蛋呢？

坚持住！
还有……赢过它。

9 月 24 日 16 点　务农日记

辛苦
·
秋天

给牛喂草的时候，不能一次给很多，要分几次给，每次给一点。
这是个小贴士。

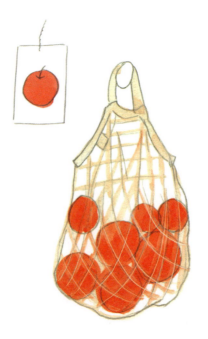

走，一起去秋游吧！

你可以从秋天的树丛里捡到一些小玩意：

用来擦小提琴琴弓的松香，

可以装饰房间的松塔，

还有松鼠扔掉不要的榛子壳。

野餐的时候，即使把碎屑撒得到处都是也不需要担心。

因为农夫一家喜欢踩落叶时发出的声音，所以故意去落叶很多的地方。

当你的手不自觉地想要插口袋的时候，就说明是秋天来了。

晚上，大家聚在一起看了场电影。

世界很大，南瓜的品种也多种多样。

◇◇◇ 大家都忙起来 ◇◇◇

秋天一到，村子里就会变得异常忙碌。

魁梧

健硕

初秋时节,南瓜先生们都在为"南瓜先生健美大赛"
卯足了劲儿健身。

铛

铛

铛

但是等到新年敲钟的时候他们也必须把衣服全穿戴整齐。

随后，秋季运动会也拉开了帷幕。

到了万圣节前夜,
大家都会打扮成"各自认为最可怕的东西",
或者把它们放在家门口展示。

---

① "鸭"同"呀"，谐音。

在感恩节这一天，大家都盛装出席，
尽情享用了琳琅满目的美味佳肴。

欢乐的秋天庆典已经快要接近尾声，
弟弟不舍的心情也愈发强烈。

但是弟弟看了日历以后，心情再次豁然开朗了起来。

因为圣诞节马上就要到了。

“血”的庆典开始了

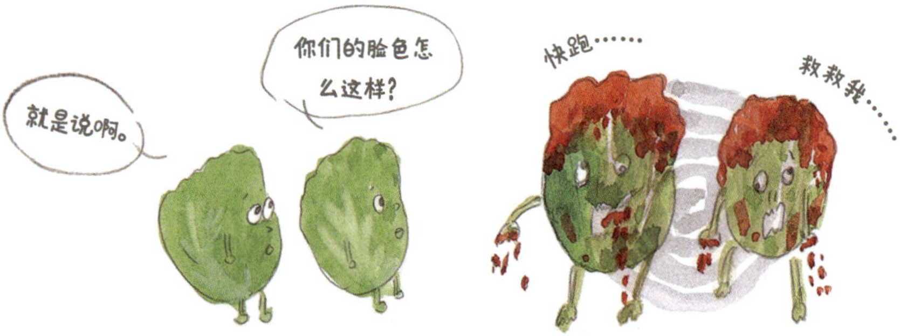

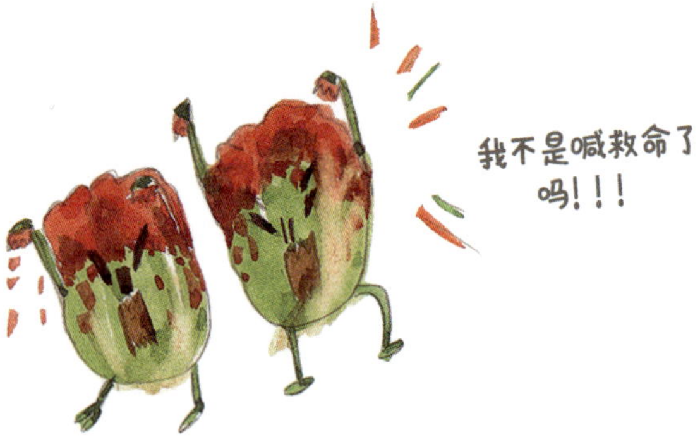

一棵接一棵被染成鲜红色的大白菜。

呼哧

呼哧

你们怎么了?

他们变得好奇怪啊!

被抓住就完蛋了！
谁都逃不过这只红手套！

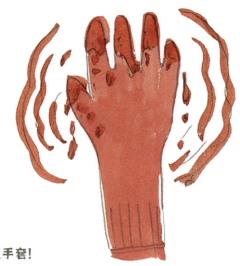

今年冬天,
让你后背发凉的超大制作纳凉特辑惊悚片!

① 韩国泡菜(Kimchi)的中文译名。

12月9日18点 务农日记

休息
·
冬天

送走了作物们，农夫孤零零地吃了一大堆零食。

圣诞快乐！

圣诞快乐！

◇◇◇ 圣诞快乐 ◇◇◇

圣诞节
圣诞节~

每年从11月底开始,
农夫一家总是会莫名
地心动。

哇啊,好棒!

怦怦怦

心动1.听到从街边商店里传出来
的圣诞颂的时候心脏怦怦跳。

你能看见我的
心在跳吗?

心动 2. 思考在圣诞树上给
圣诞老爷爷挂什么礼物的
时候心脏怦怦跳。

心动 3. 思考今年要烤什么样的
圣诞饼干的时候心脏怦怦跳。

可以在圣诞节看的
东西真的太多了！

心动 4. 想到可以在圣诞节看的
那些电影的时候心脏怦怦跳。

芬兰的
圣诞老人

带着红帽子的
肯德基爷爷

美女
圣诞老人

商场中的
打工人

虽然我们没有亲眼见到过真的圣诞老人，

要顺着箭头找
到我的房间才行
呀！

请走这边

但他却在我们小时候，
给我们留下了特别多的回忆。

给圣诞老人

亲爱的圣诞老人，

您为什么总是偷偷摸摸地来我家呢？

我很好奇呢，但是我依然爱您！

您会和我们幼儿园的老师一起坐

雪橇吗？

收件人：圣诞老人

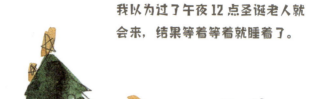

我以为过了午夜 12 点圣诞老人就
会来，结果等着等着就睡着了。

这是我从圣诞老人那里收到的
第一份礼物。

虽然家里曾经因为姐姐觉得圣诞老人根本不存在
的发言引起过一次小骚乱，

但是对于这个问题,
圣女果和兼职鲁道夫的小鹿拿出了可以充分证明圣诞老人存
在的证据。

看着小鹿这认真的模样,
不知怎么的, 农夫一家不由自主地就想点头。

有什么  重要的!

有没有圣诞老人这件事重要吗?

最重要的是，记得那一天要比平时起得早一些。

然后满怀期待地拆开放在枕边的礼物。

就算是个朴实无华的小礼物也会开心地拿着它冲到爸妈的房间。

现在过圣诞节的时候，你是否还依旧像儿时那样满怀期待呢？

祝大家圣诞快乐呀！

3 月 11 日、21 日　务农日记

再一次
·
春天

为了播种新的种子，首先要把土翻松，然后把里边的小石子
都捡出来，最后再把肥料和土混合在一起。

铁锹"欲"的一声钻进地里，

水从冻住的压水井里，一滴一滴地掉下来。

干洗店门口来洗冬装的人们排起了长队。

大家人手一个篮子，
出门去挖艾蒿。

春天来了。

◇◇◇ 贵客 ◇◇◇

红色屋顶的农夫家来了一位贵客。

奶奶是一位留着西蓝花头的老太太。

奶奶非常喜欢开玩笑，

在讲老故事的时候，

如果猛地想起一件事的话，

就会立马说出那个词。

最重要的是，奶奶做的饭……

意外地很难吃。

即使是这样，我们还是非常喜欢奶奶来家里玩。

◇◇◇ 这是误会呀 ◇◇◇

如果说到目前为止，农夫一家只展现了
农村生活安宁、朴实的一面的话……

但其实，他们也有些别人无法看到的世俗一面。

① *Show Me The Money* 是韩国的一档 Hip-Hop 综艺节目。

虽然农夫一家不是故意隐瞒这些事的，

但当别人用充满期待的眼神提问时，
为了不让别人失望，所以只能支支吾吾地搪塞过去。

但其实，事实并没有什么特别的。
举个例子吧，早上叫醒农夫的
并不是鸟叫声，

叽叽喳喳

叽叽喳喳

为了见朋友
Shy shy shy

而是"西瓜"播放出的音乐。

---

① 西瓜：Melon，是韩国的一款音乐 App。

夏天的时候，
妈妈有时想要吹吹凉爽的空调，

呜呜，要热死了。

融化

即使没有要办理的业务，也总是往银行跑。

冷得我都起鸡皮疙瘩了。

凉爽

姐姐很讨厌虫子

〈她这个样子和 B-Boy^① 特别像〉，

比起南瓜汤，
弟弟更喜欢方便面。

啊哈，
又是一个馋方
便面的夜晚。

---

① 一种 Hip-Hop 舞种。

111

这样倾诉过之后，农夫一家心里舒服多了，
这才睡上了安稳的一觉。

一粒种子

就能够长成一种作物

一粒种子

就能够长成一种作物

罗勒

迷迭香

圣女果 圣女果

西蓝花

蒲公英花

鼠尾草

彩椒

荷兰豆

四季豆

油菜

萝卜芽

山蒜

◇◇◇ 不速之客 ◇◇◇

呜——再这样我就要哭了。

干农活的时候经常会发生
一些让人欲哭无泪的事情。

其中之一就是在前年的时候，
一只野猪大哥把田地搞得一片狼藉的事。

虽然生气的农夫去找了野
猪先生理论,
但是没有人能和饿极了的
野猪对话。

非常伤心的农夫一家,
在第二年的时候建起了篱笆。

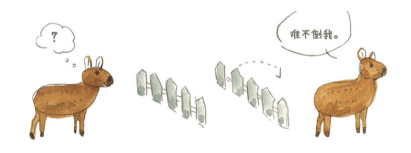

虽然拦住了野猪，但是篱笆对原麝来说再简单不过了。

就这样，原麝在甜菜地里
涂了个甜菜色的嘴唇后就匆匆离开了。

另外，还有今年新出现的不速之客——兔子，
不管农夫一家把篱笆修得多高，兔子们都有办法通过。

嗯呐——

它们甚至还席卷了整块胡萝卜地。
但因为怕被农夫一家发现，

所以它们在地里拉了很
多像蓝莓一样的屁屁，
好让农夫一家暂时误以
为这是一块蓝莓地。

不仅仅是动物们不请自来，
雨有时候也是随心所欲地说下就下，

有时候却不管你怎么等也等不来。

但是，农夫一家决定不把大部分的心思
放在这些事情上。

干活干累了的话,

选一首歌来唱。

结束了一天的工作后,
也要对树说一声辛苦了。

虽然偶尔也会小心翼翼地对前来玩耍的不速之客进行报复，

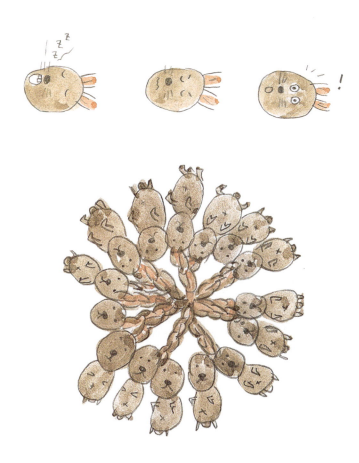

像是拿兔子的耳朵编辫子。

◇◇◇ 日常沟通 ◇◇◇

天亮了，又是新的一天。

把鸡蛋从鸡窝里拿出来。

从背影中都能　　　感受到那份激动

苦恼着要吃什么面包，

结果把所有种类的面包都买了。

问候朋友们。

大鹅先生，昨晚睡得好吗？
我今天本来想睡个懒觉，
结果被你的叫声吵醒了，你叫什么啊？

到起床的时间了，就叫了呗。

你看因为没有睡饱，
我看着都没怎么长个子。

哦，虽然很遗憾，但你这
属于遗传。

哈哈哈。大鹅先生你
也真是的，一大早就
这么爽快。

把水倒下去，

香气 香气

等待着咖啡的香气慢慢飘上来。

感谢今天也能度过这一如既往的日常生活。

太阳一落山，就放下手上的农活回家。

慢慢地度过这一整天。

感觉到疲惫的话，

就把家人的呼吸声
当作摇篮曲睡上一觉。

妈妈的
特别食谱

◆◆◆ 特别新鲜的沙拉 ◆◆◆

1. 把生菜清洗干净并把上面的水擦干。
2. 牛油果去核、去皮，切好备用。
3. 西红柿、黑橄榄、熟鸡蛋也切好备用。

变身前　　　　　　　　　　　　变身后

白砂糖

白葡萄
酒醋

黑胡椒、盐

整粒芥末
籽酱

橄榄油

4. 把鸡胸肉和培根煎熟后切成方形备用。

5. 最后把佐料放进去。

然后在这里!

6. 就这样，活力满分的新鲜沙拉完成!

在受伤之前

1. 把在室温里软化的黄油和白砂糖倒入容器里搅拌均匀。

2. 放入鸡蛋、蜂蜜、生姜粉后继续搅拌。

咕叽咕叽

满满当当!

3. 放入面粉，顺着一个方向搅拌均匀后揉成面团。

4. 用擀面杖把面团擀成椭圆形后用饼干模具压出姜饼人形状。

5. 在放入烤箱之前悄悄地对它们说一句"好好相处吧"。

6. 如果你忘记说这句话!

1. 它们会在烤箱里大打出手，出来就变成这个样子了！

等一下！

放进烤箱前说的那句话特别重要！！

加油！

加油！

例如，想让泡芙在烤的时候越来越膨胀的话，就对它们说："别管是谁，取得胜利吧。"

8. 这样面团们就会为了竞争，使身体膨胀，变成一个个又大又好的泡芙。

今天吃什么好呢？

迷迭香

罗勒叶

芦笋

欧芹

月桂叶

◆◆◆ 笑嘻嘻的柑橘拿铁 ◆◆◆

1. 将柑橘汁和白砂糖按照1:1的比例混合。
2. 倒入浓缩咖啡中。

橘子越软乎，橘子片就
会笑得越久。

3. 把笑着的柑橘切成薄片。

4. 在装有浓缩咖啡的杯子里，放上可以让橘子片舒舒服服躺
着的充足的奶盖。

5. 将勺子抵在杯底，转动勺柄将咖啡搅拌均匀。

6. 最后小心翼翼地将柑橘片放上去。

✦✦✦ 用打下来的玉米粒做成的汤 ✦✦✦

1. 带着抱歉的心情，把玉米粒打了下来。

2. 在平底锅里放入黄油，倒入玉米粒翻炒。

3. 把洋葱也放进去翻炒，再倒入可以没过食材的牛奶。

4. 把这些全都放进搅拌机里搅打。

5. 倒在碗里，按照个人的口味撒入适量的盐和黑胡椒就完成啦！

这种餐盘也 OK！

今天也辛苦了。
吃一顿好的来犒赏自己吧!

给爸爸妈妈穿衣服

妈妈的衣柜

爸爸的衣柜

图书在版编目（CIP）数据

农夫的一天 / (韩) 闵承志著绘；王新蕊译. 一北
京：海豚出版社，2021.11

　　ISBN 978-7-5110-5782-2

　　Ⅰ.①农… Ⅱ.①闵… ②王… Ⅲ.①随笔 - 韩国 -
现代 Ⅳ.①I312.665

中国版本图书馆CIP数据核字(2021)第199794号

著作权合同登记号：图字 01-2021-4404

<농부의 어떤 날>

© 민승지 / 闵承志/Min seung ji, 2018

The simplified Chinese translation is published by arrangement with NoranSangSang
Publishing Co. through Rightol Media in Chengdu.

本书中文简体版权经由锐拓传媒旗下小锐取得（copyright@rightol.com）。

农夫的一天

[韩] 闵承志　著绘　　王新蕊　译

出 版 人	王　磊
策　　划	李梦黎
责任编辑	李文静　郭雨欣
装帧设计	杨西霞
责任印制	于浩杰　蔡　丽
法律顾问	中咨律师事务所　殷斌律师
出　　版	海豚出版社
地　　址	北京市西城区百万庄大街24号
邮　　编	100037
电　　话	010 - 68325006（销售）　010 - 68996147（总编室）
印　　刷	文畅阁印刷有限公司
经　　销	新华书店及网络书店
开　　本	880mm×1230mm　1/32
印　　张	6
字　　数	30千字
印　　数	5000
版　　次	2021年11月第1版　2021年11月第1次印刷
标准书号	ISBN 978-7-5110-5782-2
定　　价	49.00元